© 2005, Editorial Corimbo por la edición en español
Ronda del General Mitre 95, 08022 Barcelona
e-mail: corimbo@corimbo.es
www.corimbo.es
Traducción al español: Julia Vinent
1ª edición: Junio 2005
© 2004, l'école des loisirs, París
Título de la edición original: « Je t'ai vu! »
Impreso en Francia por Jean Lamour, Maxéville
ISBN: 84-8470-198-0

Mireille d'Allancé

¡Te he visto!

Corimbo

«Juan, los pastelitos para la abuela
ya están listos. Ve a llevárselos.»

« Pongo una tapadera de cristal. Vigila, es frágil. Llévalo bien derecho. »

«Espero que lleguen enteros a casa
de la abuela. Cuento contigo.»

De camino, Juan intenta llevar
la bandeja bien derecha, pero no es fácil.
«¡Vaya! Algo se ha movido dentro.
Hay que comprobar.»

Ah sí, un pequeño pastelito se ha separado.
No hay más que una solución, piensa Juan.

Un vistazo a la derecha, otro a la izquierda, y hop,
Juan se come el pastelito.

« ¡Te he visto! », grita alguien a su espalda. Es la ardilla que le dice:
« Huele bien. Me gustaría probar también ».
« Ni hablar, ha de llegar entero a casa de la abuela.
Se lo he prometido a mamá. »
« Dame un trocito y prometo no decirle nada a tu mamá. »

«Delicioso… delicioso…», dice la ardilla.
«Bueno, ya está. Y ahora, en marcha»,
responde Juan.

« ¿No olvidáis nada? », pregunta una voz desde el aire.

«La tapadera. Qué amable es, señora urraca...»

« Tome un trozo. Es para agradecérselo », dice Juan a la urraca,
« pero no diga nada a mamá. »
« Y para mí también », dice la ardilla, « y tampoco diré nada. »

«Exquisito», dice la urraca.

«Delicioso, delicioso», dice la ardilla.

«Bueno, ya está. Y ahora, en marcha», dice Juan.

« ¡Ay! », grita la ratoncita.

«Oh, lo siento», dice Juan. «¿Te he hecho daño?»
«Muchísimo», responde la rantocita. «Dime,
¿Qué es eso que llevas?»

« Bueno, te doy un trozo, pero sólo uno », dice Juan.

«¿Y nosotros?», pregunta la ardilla.
«Ni hablar», sentencia Juan. «Y ahora, en marcha.»

Pero de repente…

«Salud, la compañía», dice el zorro.
«Vais muy cargados.
Dejadme que os ayude.»

« Hum, qué bien huele. »
« Es para la abuela », dice Juan.

« Sólo echo un vistazo… ¡Ñam! Oh, qué bueno, ¡buenísimo! »

« ¡Bua bua bua! », llora Juan. « Ya no queda nada para la abuela. »

« ¿No te da vergüenza? », dice la urraca.

« Sí », dice el zorro. « Pobre abuelita. »

« Escuchad », dice la ardilla. « ¡Tengo una idea! »

«Conozco un rincón del bosque donde hay avellanas. Podemos coger unas cuantas.»
«Yo conozco un rincón con fresitas silvestres», dice la ratoncita.
«Yo sé dónde están las más hermosas flores», dice la urraca.

«Mirad, dientes de león. La abuela los adora», dice Juan.
«Mirad, yo he encontrado champiñones», dice el zorro.
«Bueno», dice Juan. «Aún faltan cosas…»

« … Pero ahora, andando », responde a coro el convoy.

« ¡ Oh ! Pero si es mi Juanito. » Exclama la abuela. « ¡ Vienes con muchos amigos ! »

« Dulce y salado. Qué buena idea. Sentaros a la mesa,
vamos a hacer un pastel buenísimo. »

¡Qué fiesta! La abuela disfruta de lo lindo.
«Deliciosos los champiñones.
¿No come nada, señor zorro?»
«Me gustaría, abuelita, pero es muy raro,
no tengo nada de hambre.»